TESTAMENT

DE

BASILE TATISTCHEF

TRADUIT DU RUSSE

D'APRÈS LE MANUSCRIT QUI SE TROUVE A LA BIBLIOTHÈQUE IMPÉRIALE DE PARIS

PAR LE PÈRE J. MARTINOF

De la Compagnie de Jésus

PARIS

CHEZ BENJAMIN DUPRAT

LIBRAIRE DE L'INSTITUT, DE LA BIBLIOTHÈQUE IMPÉRIALE ET DU SÉNAT

Rue du Cloître-Saint-Benoît, 7

1860

TESTAMENT

DE

BASILE TATISTCHEF

IMPRIMERIE DE W. REMQUET ET Cie,
Rue Garancière, 5.

TESTAMENT

DE

BASILE TATISTCHEF

TRADUIT DU RUSSE

D'APRÈS LE MANUSCRIT DÉPOSÉ A LA BIBLIOTHÈQUE IMPÉRIALE DE PARIS,

PAR LE R. P. J. MARTYNOF,

de la Compagnie de Jésus.

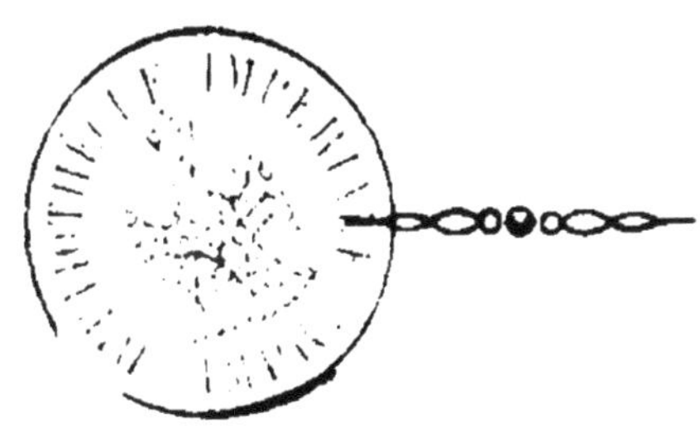

PARIS

CHEZ BENJAMIN DUPRAT

LIBRAIRE DE L'INSTITUT, DE LA BIBLIOTHÈQUE IMPÉRIALE ET DU SÉNAT,

Rue du Cloître-Saint-Benoît, 7.

1860

PRÉFACE.

Dans une étude précédente [1], en parlant des productions modernes de la littérature russe, j'ai eu l'occasion de mentionner le morceau dont on vient de lire le titre. Je me proposais dès lors d'y revenir un jour. En effet, quelque temps après, le *Testament* de Tatistchef paraissait dans le *Cabinet historique* [2], recueil dirigé

[1] *Manuscrits slaves de la Bibliothèque impériale de Paris*. Paris, 1858, in-8° br., 4 fr. — A la librairie de Benj. Duprat.

[2] Livraison de mai 1858, pag. 272 et suiv.

avec autant de savoir que de persévérance par M. Louis Pâris, à qui, d'ailleurs, je devais la connaissance de l'original russe. En reproduisant aujourd'hui ce même travail, je prie tous ceux qui daigneront me lire de ne pas oublier que je n'ai eu à ma disposition qu'une seule copie manuscrite, conservée à la Bibliothèque impériale de Paris (supp. franç., n° 2008), et faite avec assez de négligence. J'espère néanmoins que l'intérêt historique qui s'attache à une pièce tracée par une main si célèbre sera compris des lecteurs français.

Faisons d'abord connaître l'auteur lui-même, en disant ce que fut Tatistchef comme homme et comme écrivain.

La famille des Tatistchef est une des plus connues en Russie. On raconte que du temps de Basile Dimitriévitch (1389-1425), un gouverneur de Novgorod, nommé Basile Iouriévitch, y ayant découvert un complot contre le grand-duc, fit saisir les conspirateurs et les envoya à

Moscou. Cette découverte, ajoute-t-on, lui valut le surnom de *Chercheur-des-Malfaiteurs* (Tat-Istchef). Tel serait, au dire des écrivains du pays, l'origine de ce nom[1]. Quoi qu'il en soit, il est certain que c'est de ce Basile Iouriévitch Tatistchef que descend le célèbre auteur de l'*Histoire russe*, que tout le monde connaît, au moins de nom, et du *Testament* que nous publions ici pour la première fois en français.

Basile Nikititch naquit en 1686. Son père, Nikita Alexéitch, ne pouvait que s'applaudir des heureuses dispositions de son enfant pour le travail et l'étude. Aussi, lorsque Pierre Ier choisit les jeunes gens les plus capables pour les envoyer faire leurs études à l'étranger, le jeune Basile eut le privilége d'être de ce nombre. Il quitta le pays en 1704. Le séjour à l'étranger nourrit sans doute en lui le goût des études historiques, et lui fit concevoir l'idée d'écrire un

[1] Voir le *Recueil généalogique de la Russie*, par le prince P. Dolgorouki, t. II, pag. 71, Saint-Pétersbourg, 1841.

jour l'histoire de son pays. De retour en Russie, Tatistchef songea à s'établir. Son choix tomba sur madame Redkine, née Batvinief, dont il eut deux enfants, Eugraphe et Euphrasie, et dont il dut plus tard se séparer, comme il nous l'apprend lui-même dans son *Testament*. Attaché au collége des Mines, il fournit une carrière signalée par d'éclatants succès. Ainsi, à l'âge de trente-quatre ans, il reçut de Pierre la mission d'améliorer les établissements des mines de l'Oural, et quatre ans plus tard, nous le voyons visiter, dans le même but, ceux de la Suède.

A Stockholm, il fit la connaissance de Strahlenberg, qui écrivait alors sa *Description de l'empire russien*. Il paraîtrait que Tatistchef aida beaucoup l'écrivain suédois dans ce travail; qu'il sollicita même pour lui, auprès du cabinet de Saint-Pétersbourg, la permission de dédier l'ouvrage à la mémoire de Pierre Ier, qui venait de mourir, faveur que le gouvernement russe ne voulut jamais accorder, malgré les promesses de l'auteur de consacrer sa préface au récit des actions mémorables de ce prince. Le refus changea les dispositions bienveillantes de l'auteur à l'égard de la Russie, ainsi que le plan primitif de l'ouvrage. Ce dernier parut enfin (en 1730) sous le titre : *Das nord-und-œstliche Europa und Asia*, etc. Il a cela d'intéressant que nous y trouvons l'opinion d'un des principaux seigneurs russes sur Pierre Ier, opinion que Strahlenberg donne comme conciliatrice et mitoyenne entre le sentiment des admirateurs enthousiastes du monarque défunt, et celui de ses adversaires à outrance [1]. Or, ce personnage ne peut être que Tatistchef lui-même.

L'année 1730 est mémorable dans les fastes russes. Elle ouvrit le règne d'une tsarine dont la devise était : *Petrus magnus*, *Anna major*. C'était le troisième gouvernement que Tatist-

[1] *Description de l'empire russien*, tom. I, pag. 202 et suiv., édit. d'Amsterdam, 1757.

chef allait servir. Les rapports assez intimes qu'il avait avec le prince Serge Dolgorouki et le fameux Théophane Procopovich, archevêque de Novgorod, indiquent suffisamment le parti auquel il appartenait; et son élévation rapide témoigne de l'attention que lui accordait le nouveau gouvernement. Il se livra donc à de nouveaux labeurs, lorsqu'une grave maladie l'arrêta au milieu de ses dévouements. A peine âgé de quarante-huit ans, et se croyant aux portes du tombeau, il traça son *Testament*, expression fidèle de ses sentiments les plus intimes et de son âme chrétienne. La coïncidence de ce document de famille avec les premières années du nouveau règne, en explique certains passages faisant allusion aux événements de l'époque. Il est de 1734.

Revenu de sa maladie, Tatistchef reprit ses travaux habituels, et l'impératrice sembla lui prodiguer les marques de sa bienveillance : elle le fit conseiller privé, grand-maître des mines, le chargea de réorganiser tout le service en Sibérie, et de rédiger un code des mines. Jamais aucun des administrateurs de ce pays, soit avant, soit après lui, n'a joui d'une confiance aussi entière de sa souveraine.

Enfin, en 1741, il fut nommé gouverneur d'Astrakhan, chargé spécialement de régler les affaires des Kalmouks. Cette nomination, tout en témoignant des dispositions bienveillantes de la nouvelle impératrice à son égard, ne laissa pas de devenir pour lui la source des chagrins qui assombrirent les dernières années de sa carrière. Il ne put s'entendre avec l'administrateur du kannat, et des démêlés fâcheux s'ensuivirent. Dénoncé à Saint-Pétersbourg, Tatistchef reçut l'ordre de remettre la gestion des affaires entre les mains du lieutenant général Yéropkine. C'était en 1744. Il se retira alors dans sa terre de Boldino, près de Moscou, où il passa le reste de ses jours, gardé comme un prisonnier, et n'ayant auprès de lui que son petit-fils Rostislas. Celui-ci confia à des amis les détails suivants sur les derniers instants du célèbre historien[1] :

Sentant ses forces baisser de plus en plus, Tatistchef manda auprès de lui son fils Eugraphe, qui se rendit en hâte à Boldino, avec sa femme Euphrasie. La veille de sa mort, désirant assister à la sainte messe, qui devait être la dernière pour lui, le vieillard plus que septuagénaire monte à cheval, et se rend, en compagnie de Rostislas, à son église paroissiale, située à trois verstes de Boldino. Après la messe, il visite le cimetière, voisin de l'église, montre au curé l'endroit où reposaient les Tatistchef, ses ancêtres, et fait creuser tout près de là une tombe destinée à le recevoir lui-même. Lorsque vint le moment de s'en retourner à la maison, ses

[1] Nous reproduisons ces détails d'après les *Mémoires bibliographiques* de Moscou (N° 7, 1858), où ils parurent pour la première fois peu de temps après la découverte du manuscrit qui les contient. Ce manuscrit est rattaché, en guise d'appendice, à un exemplaire imprimé du *Testament*.

forces ne lui permettant plus de remonter à cheval, il fut obligé de se mettre en cabriolet, et, après avoir bien recommandé au curé de venir le lendemain matin lui administrer les sacrements, il reprit le chemin de Boldino.

Là il était attendu par un courrier à peine arrivé de Saint-Pétersbourg, et porteur d'une dépêche impériale. Dans son rescrit, Sa Majesté rendait justice aux services rendus par l'ex-gouverneur d'Astrakhan, le déclarait parfaitement innocent, et lui conférait les insignes de l'ordre de Saint-Alexandre Nevski. Touché profondément d'une faveur si éclatante, bien que tardive, Tatistchef écrivit à Élisabeth une lettre de remerciement, qu'il remit au courrier avec la brillante décoration. Aussitôt la garde fut levée et la liberté rendue à l'exilé de Boldino, liberté dont il ne devait jouir, hélas! que quelques heures, si toutefois son cœur était encore capable de jouir des choses de ce monde.

Le lendemain matin, il se confessa et reçut la sainte communion. Ensuite, il s'entretint avec les membres de sa famille, leur manifesta ses dernières volontés, et leur donna sa bénédiction; puis, après avoir dit adieu à tout le monde, sans excepter ses gens, il témoigna le désir de voir commencer les cérémonies de l'extrême-onction. Elles n'étaient pas achevées, lorsque le moribond rendit le dernier soupir, à l'âge de soixante-quinze ans [1], le 15 juillet 1750. Le cercueil destiné à recevoir le corps du défunt était prêt depuis longtemps. C'est Tatistchef lui-même qui l'avait commandé et qui y avait travaillé de ses propres mains avec l'ouvrier.

Quant aux obsèques, il est à croire qu'on aura eu égard au désir formellement exprimé dans son *Testament*, voici en quels termes :

[1] Suivant la *Biographie universelle*, Tatistchef n'aurait vécu que soixante-quatre ans. Sur ce point, nous croyons devoir donner la préférence aux indications des *Mémoires bibliographiques* de Moscou.

« Je demande une seule chose, c'est qu'on m'enterre, suivant les usages de l'Église, là où je serai surpris par la mort, et sans aucune pompe [1]. »

Il nous reste à parler de Tatistchef comme écrivain. La grande quantité de travaux laissés par lui, et traitant de différentes matières, témoigne en faveur de sa fécondité et de la variété de ses connaissances. Malheureusement, plusieurs de ses écrits, plus ou moins achevés, périrent dans un incendie. Parmi ceux qui virent le jour, outre le *Testament*, nous citerons ses *Remarques sur le droit de l'ancien code russe*, imprimées à Moscou en 1768 et 1786; de plus, le *Dictionnaire historique, politique et civil de la Russie*, publié à Saint-Pétersbourg en 1793, et s'arrêtant à la lettre L. Quant à la géographie, nous savons positivement qu'il y a travaillé beaucoup, qu'il n'espérait pas même pouvoir mener ses travaux à bout, sans le concours

[1] Voir pag. 13.

du gouvernement [1]. Toutefois, il n'y eut de publié que son grand Atlas, en vingt feuilles, qui parut encore de son vivant (1745), pour ne rien dire de la carte de la Sibérie, qu'il avait déposée à l'Académie des sciences et au Cabinet impérial [2].

Mais le travail principal de Tatistchef, celui qui a immortalisé son nom, est son *Histoire russe depuis les temps anciens* (Rossiïskaia istoria s drevneïchikh vremen) [3], ouvrage d'un grand mérite assurément, mais qui est loin d'être irréprochable au point de vue critique, et surtout à cause des préjugés religieux, devenus malheureusement traditionnels parmi les écrivains soi-disant orthodoxes, qui les considèrent comme

[1] Voir pag. 18.

[2] *Biographie universelle*, art. cité plus haut.

[3] Les trois premiers volumes de cette œuvre posthume furent publiés par les soins de l'académicien Muller (Moscou, 1764-1773); le quatrième ne parut qu'en 1784; il s'arrête à l'année 1462, c'est-à-dire au règne de Jean III.

un titre de plus à la confiance de leur coréligionnaires. Au reste, indépendamment de ce défaut commun à tous les hétérodoxes, le livre de Tatistchef devint bientôt une véritable pomme de discorde parmi les savants du pays eux-mêmes. En voici la raison :

On sait que Tatistchef, en composant son Histoire, puisait dans des sources dont plusieurs nous restent encore inconnues : qu'il publia le premier la chronique dite de Joachim (*Iakimovskaia liétopis*), jusqu'alors complétement ignorée. Schlœzer, oracle du temps, lui en fit un crime et le traita d'inventeur de fables. La foule servit d'écho au sceptique professeur de Gœttingue, et, dès lors, le témoignage de Tatistchef devint suspect. Cependant, il faut le dire, de tout temps il y eut des réclamations plus ou moins puissantes en sa faveur. Surtout depuis que les faits élèvent, à leur tour, une voix impartiale, depuis que l'accord des découvertes récentes avec les renseignements fournis par le mystérieux Joachim et d'autres chroniqueurs, vient, pour ainsi dire, protéger le nom de l'historien, on sent plus vivement le besoin de réparer le tort fait à sa réputation.

Ceux donc qui ont à cœur l'honneur de Tatistchef ne se contentent pas de répéter avec tout le monde que personne, avant lui, n'a rassemblé et compulsé un aussi grand nombre de chroniques. Ils vont plus loin, et ils ajoutent qu'aucun de ses contemporains ne réunissait tant de qualités indispensables pour écrire une histoire nationale quelque peu critique. Russe d'origine, il comprenait, disent-ils, les annales du pays mieux que les étrangers les plus érudits, appelés à Saint-Pétersbourg pour défricher les champs incultes de notre histoire. Sa naissance, son rang dans la société, ses relations nombreuses, ses voyages à l'étranger, les fonctions importantes qu'il remplissait, tout cela lui rendait facile l'acquisition de matériaux inaccessibles à tout autre, et élargissait considérablement le cercle de ses connaissances en tout genre. Ils n'oublient ni son amour de l'étude, ni sa persévérance dans le travail, que tous, amis ou ennemis, lui reconnurent unanimement, et qui ne se démentit point, durant les trente années consacrées à préparer et à composer son Histoire.

Ainsi parlent les défenseurs de Tatistchef. A leurs yeux, ce sont autant de titres à la confiance de la postérité, et en rendant hommage à sa bonne foi d'historien trop longtemps méconnue, ils croient accomplir un devoir rigoureux de justice. — Dans cette œuvre de réhabilitation, une large part revient de droit à M. Lavrovski, auteur d'une importante étude que l'Académie de Saint-Pétersbourg, section de la langue et de la littérature russe, a jugée digne de figurer dans ses « *Mémoires savants*[1]. » Je signale ce tra-

[1] Outchényia zapiski, t. II, liv. 1, 1856.

vail, non-seulement parce qu'il peut être regardé comme le représentant de l'opinion la plus accréditée parmi les savants russes de nos jours, mais encore parce qu'il se rattache par un point essentiel au *Testament* dont il s'agit en ce moment. M. Lavrovski, il est vrai, n'en fait point mention; et pourtant cette pièce, écrite au seuil de l'éternité et sous les regards du souverain juge, lui aurait fourni un argument de plus en faveur de sa thèse, qu'il a du reste défendue avec une érudition égale à son patriotisme; et il aurait pu, non sans quelque droit, demander aux détracteurs de Tatistchef s'ils avaient présentes à leur esprit ces pages empreintes de sentiments si conformes à la morale chrétienne, et en tout cas, bien remarquables dans un homme inculpé de mensonge historique.

Considéré sous ce point de vue, le *Testament* de Tatistchef acquiert une nouvelle valeur, et offre un intérêt réel pour tout le monde, sans excepter mes compatriotes, qui n'en ont, du reste, que deux éditions, faites dans le siècle dernier, et devenues extrêmement rares, l'une de 1773, imprimée à Saint-Pétersbourg, l'autre sans date, et augmentée d'un Entretien sur l'utilité des sciences. Quant à ceux auxquels la langue qu'écrivait l'auteur est étrangère, je pense qu'ils ne refuseront pas du moins à ce tableau des mœurs de l'époque, le mérite de la nouveauté et de l'originalité, lors même qu'ils l'auraient comparé avec son antique pendant, la célèbre *Instruction* du grand-duc Vladimir Monomaque *à ses enfants* (1113-1125), considérée à bon droit comme un modèle de ce genre de littérature qu'on pourrait appeler *testamentaire*, et qui joue un rôle si important dans la longue période antérieure au temps de Lomonosof et de Pierre Ier. Mais il ne m'appartient pas d'insister là-dessus. J'aime mieux invoquer ici, en terminant, le témoignage suivant d'un écrivain français : « Nous avons encore parmi nous, dit M. Louis Pâris, une infinité d'honnêtes gens, fiers comme de raison de la civilisation parisienne, qu'on surprendrait fort en leur parlant de l'honnêteté, de la délicatesse, des mœurs polies des seigneurs russes au commencement du XVIIIe siècle. A leurs yeux, la Russie, à cette époque, ne faisait que de naître à la vie, et se démenait encore dans les langes de la barbarie. Voici pourtant un document irrécusable, et qui donne un démenti à ces préventions injustes. La société russe s'y montre sous un jour infiniment moins primitif, et si l'on y voit encore le contraste entre ce qu'étaient la Russie et la France à la même époque, il ne nous est pas prouvé que ce contraste lui soit absolument défavorable [1]. »

Le lecteur jugera.

[1] *Cabinet historique*, mai 1858, pag. 272.

TESTAMENT

DE

BASILE TATISTCHEF

MON CHER FILS,

« *Lorsque tu étois jeune, tu te ceignois toi-même, et tu allois où tu voulois; mais lorsque, dans ta vieillesse, tu étendras tes mains, un autre te ceindra et te mènera où tu ne voudras pas* » (S. Jean, XXI, 18.) Ces paroles que Notre Seigneur adressa à saint Pierre pour marquer le genre de mort par lequel cet apôtre devoit un jour glorifier son Dieu, peuvent être interprétées de différentes manières; mais quelque explication qu'on adopte, elles reviennent toutes à dire que dans la fleur de la jeunesse et au sein de la prospérité, on se soucie peu de la loi de Dieu et de l'affaire du salut, et qu'on lâche la bride aux convoitises de la chair. Aussi Salomon appelle-t-il la jeunesse — vanité et affliction d'esprit; Job s'écrie : *Seigneur, vous me consumez d'amertume, vous punissez en moi les erreurs de mes jeunes années* (XIII, 26); et David conjure le Seigneur d'oublier les égarements de sa jeunesse et ses péchés d'ignorance (Ps. XXIV, 7). Bref, chez les jeunes gens c'est le cœur qui domine et non la raison. Mais lorsque la vieillesse approche, et que les souffrances affligent le corps, alors la raison affranchie prend le dessus; alors on reconnoît ses excès passés, on commence à s'occuper du vrai bien, c'est-à-dire à étudier la volonté de son Créateur et Seigneur, à méditer sa loi, à ouvrir les yeux à cette lumière qui nous découvre le chemin du salut, et qui éclaire les sentiers où nous marchons. Alors ce n'est plus la volonté aveugle qui nous gouverne, c'est la loi et la grâce divine, celle qui autrefois inspira à saint Pierre le courage de confesser Jésus-Christ par une sainte et glorieuse mort.

Toutefois, ce n'est pas toujours le nombre des années qui fait la vieillesse : les maladies, les chagrins, les malheurs font de nous des vieillards avant l'âge en épurant la raison, suivant cet oracle de la Sagesse : *La vie sans tache est une longue vie* (IV, 3). Ainsi qu'on ne s'étonne pas de voir parfois des jeunes gens mettre un frein à leurs désirs, affliger leur corps par la mortification, s'étudier à trouver grâce auprès du Créateur, suivant le conseil de l'Esprit-Saint : *Il m'invoquera et je l'exaucerai ; je serai avec lui dans ses tribulations, je le sauverai et je le glorifierai ; je comblerai la mesure de ses jours* (Ps. xc, 15).... (1).

Ce sont les paroles de la vie éternelle. Nous les entendons bien souvent, et nous en comprenons le sens; mais s'agit-il de les mettre en pratique, elles sont bientôt oubliées. Dès-lors, à quoi nous sert la loi divine ? *Pourquoi ta bouche annonce-t-elle ma justice ? Est-ce à toi qu'il appartient de publier mes décrets ?* (Ps. XLIX, 16). Tu m'appelles Seigneur, et tu ne fais point mes œuvres. En vérité, si nous ne nous

(1) Suivent d'autres textes du même genre, que je passe pour plus de brièveté.

repentons pas, nous méritons le châtiment éternel.

Souvent encore nous entendons cet autre avis : *Veillez et priez, afin de ne pas succomber à la tentation.* Le royaume du ciel est proche; la mort, nous le savons, viendra comme un voleur; la parabole des vierges folles et celle du pauvre Lazare nous inculquent la même vérité. Malgré cela, la prospérité nous la fait regarder comme étrangère et indifférente à notre salut; et lors même qu'il nous arrive un malheur, une maladie, au lieu de recourir à un repentir prompt et sincère, nous nous berçons de vaines espérances. Tout ira mieux, disons-nous, peut-être la santé se rétablira-t-elle; et nous agissons en conséquence : tout le soin est donné au corps, et ce qui tient à l'âme est négligé.—Je me confesserai plus tard, dit-on encore; j'aurai le temps de conjurer la colère divine ; et abusé de ces folles espérances, on diffère son retour à Dieu jusqu'à ce qu'on n'ait plus le temps de le faire, et les portes de la miséricorde se ferment devant nous.

Voici un autre raisonnement, un peu meilleur que le précédent. On se dit : Si je ne fais de mon vivant de bonnes œuvres, des restitutions, etc., je puis toujours y suppléer par un testament. J'y léguerai tant pour des messes, pour la récitation des psaumes (1), pour l'encens et les cierges, pour bâtir une église, pour donner aux pauvres, pour faire de riches obsèques, pour acheter une sépulture dans telle église, dans telle chapelle. La chose en soi est bonne et salutaire ; mais l'intention la rend

(1) En Russie on a l'habitude de réciter les psaumes en présence du corps du défunt jusqu'au jour de l'enterrement.

souvent vaine et coupable. Prenons l'aumône pour exemple : qu'elle soit une bonne œuvre, personne n'en doute; elle ne l'est pourtant que lorsque vous aurez satisfait aux droits de la justice. L'Évangile vous le dit : Vous allez présenter une offrande à l'autel, et là il vous vient en mémoire que votre frère a quelque chose contre vous; laissez l'offrande devant l'autel, et allez d'abord vous réconcilier avec votre frère (Math., v, 23). La parabole de cet homme qui devoit mille talents, et qui fut livré aux bourreaux, jusqu'à ce que sa dette fût entièrement payée, nous enseigne la même vérité. S'il en étoit ainsi d'une offrande matérielle, à plus forte raison doit-on s'acquitter de ses devoirs envers le prochain, lorsqu'on est sur le point d'offrir à Dieu, non pas de la chair et du sang des animaux, non pas une offrande quelconque, mais bien son âme, c'est-à-dire ce qu'il y a en nous de plus noble.

Quant aux prières et aux aumônes qu'on a l'habitude de faire pour les défunts afin d'implorer pour eux la miséricorde de Dieu et de leur ouvrir les portes du paradis, le ciel, je pense, ne les rejettera pas, bien que les livres saints semblent enseigner le contraire. Ainsi il est écrit : *Les trésors de l'iniquité ne leur serviront pas; la justice seule délivre de la mort* (Prov., x, 2). Et ne peut-on pas me dire alors : *Que ton argent périsse avec toi, car tu as cru que le don de Dieu peut s'acquérir avec de l'argent?* (Act., VIII, 20). Le Saint-Esprit dit encore par la bouche du prophète royal : *De quoi vous servira mon sang, lorsque je descendrai dans la poussière? La poussière vous louera-t-elle, annoncera-t-elle votre vérité?* (Ps. XXIX, 20).

Et ailleurs : *Est-ce dans le tombeau qu'on annoncera vos miséricordes? Est-ce dans la mort qu'on publiera votre vérité?* (Ps. LXXXVIII, 12). *Qui chantera vos louanges dans le sépulcre? La mort ne garde pas votre souvenir* (Ps. VI, 6).

Ces oracles divins prouvent assez qu'après la mort il n'y a plus lieu au repentir, et qu'il faut faire pénitence avant que le soleil se couche à jamais pour nous, avant que la porte de l'Epoux se ferme et que le grand abîme nous sépare des élus. Toutefois, quand on n'a pas pu de son vivant restituer ou récompenser, il est clair qu'en y pourvoyant par un testament, on fait une chose salutaire à l'âme, d'autant plus qu'aux yeux de Dieu une bonne intention a le mérite d'un acte accompli, et qu'un repentir sincère, bien que tardif, ne sera pas rejeté par celui qui a dit au pénitent : Aujourd'hui tu seras avec moi dans le paradis (Luc, xxiii, 43).

Rentrant donc en moi-même et courbé moins sous le poids de l'âge,— puisque je viens seulement d'entrer dans ma quarante-neuvième année,— que sous le fardeau des infirmités, des chagrins et des persécutions suscitées par des ennemis puissants, je sens mes forces défaillir, ma chair se dessécher comme un vase d'argile, et ma langue s'attacher à mon palais. Je ne demande au Seigneur que la rémission de mes péchés. Que dis-je? en me voyant plongé dans la fange des iniquités, plus coupable que ne l'ont été le publicain, l'enfant prodigue, la pécheresse et le larron, j'ai honte de m'approcher du Seigneur; je n'ose pas lever vers lui mes regards, et je n'espère qu'en la miséricorde infinie de mon Sauveur, qui a dit cette consolante parole : *Je suis venu pour les pécheurs, et non pour les justes*. C'est dans ce doux espoir que je m'écrie avec le publicain : Seigneur, ayez pitié de moi, qui ne suis que pécheur ; qu'à l'exemple de l'aveugle-né, je lui dis : Jésus, fils de David, ayez pitié de moi ; et que je lui adresse la prière du bon larron : Seigneur, souvenez-vous de moi dans votre royaume. — Oui, Seigneur, je le crois et le confesse, vous êtes descendu du ciel pour sauver les pécheurs dont je suis le premier, et vous avez seul le pouvoir de leur accorder le pardon.

Jusqu'ici je n'ai parlé que du premier commandement, qui est d'aimer Dieu de tout notre cœur et de croire en lui. Mais cela ne suffit pas ; il faut encore aimer le prochain comme nous-mêmes, sous peine de rendre notre amour envers Dieu incomplet et mensonger. Le véritable amour, d'après saint Paul, n'est ni stérile ni oisif : ce n'est point de l'airain qui retentit; non, il est fécond en œuvres. Or, qui nous tient de plus près qu'une épouse et des enfants, pour lesquels l'Écriture sainte sollicite notre cœur d'une manière si pressante, tout en leur commandant un amour réciproque ?

C'est pourquoi, mon cher fils, j'ai pris à tâche de t'enseigner, dès ton enfance, les choses nécessaires et utiles à savoir ; et certes, ce ne sont pas les moyens qui te manquent, pourvu que, de ton côté, tu veuilles bien être diligent et sensé. Maintenant, épuisé et sans espoir de voir ma carrière se prolonger, je vais, pour la dernière fois, accomplir ce devoir paternel.

D'abord, pour ce qui regarde mes biens, je n'ai pas de dispositions à faire, puisque tu es mon héritier unique. C'est encore à toi qu'appartiennent les sommes provenant des différentes créances, indiquées ailleurs, dans des actes authentiques.— Ta sœur Euphrasie a eu sa part lors de son mariage.

Quant à mes obsèques, je demande une seule chose, c'est qu'on m'enterre, suivant les usages de l'Église, là où je serai surpris par la mort, et sans aucune pompe. Ce n'est pas que je craigne la dépense; non, c'est uniquement pour ne pas augmenter par de vaines somptuosités, devenues d'usage, le nombre et le poids de mes iniquités.

Maintenant venons à ce qui te concerne toi-même; c'est te dire assez que tu dois y apporter une grande attention.

I

Le point principal, c'est la religion. — Déjà tu en as appris bien des choses, dans de fréquents entretiens, soit avec moi, soit avec d'autres personnes; néanmoins, elle doit être l'objet de notre étude depuis l'enfance jusqu'à la vieillesse; la science qu'on y puise vaut mieux que l'or et l'argent et toutes les pierres précieuses. Il faut y ajouter l'Écriture sainte, le catéchisme et les Pères de l'Église, parmi lesquels je mets au premier rang saint Jean Chrysostome, Basile le Grand, Grégoire de Nazianthe et Athanase le Grand. On peut y joindre l'*Explication du Décalogue et des Béatitudes*, et le *Petit Abécédaire* (1),

(1) Premier livre sorti des presses du couvent d'Alexandre Nevski, à Saint-Pétersbourg.

ou le *Miroir de la jeunesse,* livres imprimés de nos jours, et qui remplaceront le catéchisme et les traités de morale. Tous ces ouvrages doivent êtres lus de manière à en pénétrer et retenir le sens. Quant aux *Vies des Saints* contenues dans les *Ménées,* elles supposent dans le lecteur une certaine connaissance de l'Écriture sainte et beaucoup de discernement; car il y a des faits dénués de tout fondement historique, et qui pourroient laisser dans un esprit peu solide du doute à l'égard de tout le reste (1). Toutefois, il faut se rappeler que ces choses sont écrites pour notre édification et afin de nous exciter à imiter les bonnes actions des vrais serviteurs de Dieu.

(1) Tatistchef a en vue les *Ménées* de Dmitri Rostovski, espèce d'*Acta Sanctorum* de l'Église russe, mais où la critique historique manque complétement.

Lorsque tu seras suffisamment instruit dans ta religion, tu feras bien de prendre connoissance des ouvrages qui traitent des religions différentes de la nôtre, de celle de Luther, de Calvin et du pape (1). C'est nécessaire à cause des relations fréquentes que nous sommes obligés d'avoir avec ces hétérodoxes. Aussi quiconque s'entretiendroit avec eux des matières religieuses, sans connoître leurs doctrines, celui-là s'exposeroit à être trompé ou séduit par eux. Ceci est à craindre surtout quand il s'agit des papistes, gens extrêmement habiles dans la dispute, et avec lesquels il seroit téméraire d'entrer en discussion sur des questions religieuses, sans connoître à fond ces dernières, d'autant plus que

(1) Les Russes ont l'habitude de confondre les catholiques avec les protestants, comme si ces derniers faisoient partie de l'Église romaine.

leur religion semble se rapprocher de la nôtre en plusieurs points, touchant la discipline et le rite, l'invocation des saints, le culte des images, les jeûnes, etc. (1).

II

Il importe aussi que tu saches lire et correctement écrire (2), que tu connoisses l'arithmétique, la géométrie, l'art du génie, au moins ce qui est indispensable pour connoître l'état de notre pays ; enfin l'histoire russe, que tu trouveras dans mes

(1) Les deux Églises se rapprochent tellement qu'il n'y a, au fond, qu'un seul point qui les sépare, celui de la primauté du Pape ; et encore ce dogme est-il formellement enseigné dans les livres liturgiques de l'Église russe.

(2) Cette recommandation n'a rien de singulier, quand on se rappelle que vers la fin du XVIIe siècle bien des seigneurs russes n'étoient pas capables d'écrire leur nom.

écrits suffisamment traitée, bien que sans grand ordre. Tu trouveras aussi dans des papiers séparés beaucoup de notes et d'extraits faits dans des auteurs étrangers ; et si le cœur t'en dit, tu pourras coordonner tous ces matériaux, et t'en servir, soit pour ton propre usage, soit pour le bien public (1).

Quant à la géographie, que tout gentilhomme devroit savoir, il n'y en a point d'écrite chez nous. Il est vrai, j'ai fait bien des travaux là-dessus, mais les mener à bon terme sans le concours de Sa Majesté, me paroît chose impossible. Toutefois, ce que j'ai déjà fait pourroit t'être fort utile.

En outre, il est indispensable de savoir le Code civil et le Code militaire du pays;

(1) Nous en avons parlé dans la préface.

c'est pourquoi tu devras lire l'*Oulojenïé* (1) et les statuts de la marine et de l'infanterie. Mais il ne suffit pas de les avoir lus une seule fois, il faut en pénétrer le sens, afin de pouvoir les appliquer au besoin ; en quoi les entretiens avec des hommes d'expérience te seront d'un très-grand profit, soit pour tes affaires personnelles, soit pour celles des autres.

III

Le respect dû aux parents occupe la première place dans l'amour du prochain. L'Écriture sainte y revient sans cesse. Rappelle-toi les commandements. Sirach a là-dessus un chapitre entier. Jésus-Christ et ses apôtres l'inculquent très-souvent.

(1) Code publié par Alexis Mikhaïlovitsch, père de Pierre Ier.

Or, bien que, par suite de certaines circonstances, je me sois séparé de ma femme, ta mère, et dissous par là le lien conjugal, cela ne te dispense d'aucun devoir de piété filiale à son égard. Si donc tu remarquois en elle quelques défauts, prends garde d'imiter Cham ; plutôt suis l'exemple de Sem, et couvre la nudité de ses foiblesses. Et que sa foiblesse ne te serve jamais de prétexte pour vivre à ta fantaisie. Dieu, crois-le bien, ne laisse jamais impuni le mal fait aux auteurs de nos jours, témoin Absalon (1), fils de David.

IV

A l'âge de dix-huit ans tu entreras au service de l'État, ce dont je parlerai plus

(1) Le mss. porte *Salomon*, ce qui est évidemment une erreur du copiste.

loin, et à vingt-quatre, il faudra songer au mariage (1), en observant ce qui suit : Dieu, ayant créé l'homme et voyant qu'il n'étoit pas bon de le laisser seul, lui donna une compagne, et leur dit : Croissez, multipliez-vous et remplissez la terre ; précepte que nous devons accomplir, à moins que les infirmités ou autres raisons ne nous en empêchent. Toujours est-il que l'affaire du mariage demande beaucoup de discernement.

Premièrement, il ne faut pas s'y engager trop tôt. Il y a des parents qui préfèrent des alliances précoces, s'imaginant qu'ils retiendront par là leurs enfants dans la

(1) Eugraphe Vasiliévitch suivit le conseil de son père, car à l'âge de vingt-cinq ans il avoit déjà un fils, Rostislas, l'aîné de ses enfants ; après la mort de sa première femme, Euphrasie Zinovief, il épousa successivement une Tcherkassof et Agrippine Kamienska. — Il eut en tout neuf enfants dont cinq garçons.

limite du devoir, et y trouveront une source de consolation. Ils ont tort. D'abord, parce que, dans l'amitié comme dans l'amour, les jeunes gens sont inconstants, et que souvent, après les premières ardeurs, leur affection se refroidit et s'éteint. Ensuite, engagés dans le service, souvent malgré eux, ils se voient en même temps condamnés à des absences de plusieurs années, pendant lesquelles ils sont séparés de leurs femmes et enfants, ce qui nuit singulièrement à l'affection conjugale, et la détruit parfois entièrement. Enfin, de tels mariages sont très-préjudiciables à la santé. Ainsi, au lieu du prétendu bonheur, les parents et les enfants n'y trouvent que des chagrins et des regrets. La meilleure époque est donc de vingt-deux à trente ans.

Secondement, choix de la personne. Le

mariage étant une affaire de cœur, c'est aux contractants, sans doute, à juger de la réciprocité de l'affection. Aussi la loi met-elle un frein à l'arbitraire des parents et des tuteurs qui voudroient imposer des alliances forcées. Cependant il est dangereux, dans une affaire d'une telle importance, et dont dépend ordinairement notre avenir, de n'écouter que les mouvements de son propre cœur. On le sait, l'amour peut aveugler au point de faire sacrifier la santé, le bonheur, la vie même. Quelque avantageux donc que paroisse être le parti, tu devras t'entourer des conseils de personnes sûres et expérimentées, et les choisir pour cela plutôt dans ta parenté que parmi des étrangers.

Ensuite, trois choses sont à considérer dans la personne que tu épouseras : l'extérieur, l'âge et le caractère. La beauté est un appât qui séduit bien des jeunes gens; et cependant c'est dans les plus belles pommes, dit-on, qu'on trouve plus de vers. De l'autre côté, la laideur, fût-elle compensée par beaucoup d'esprit et une fidélité à toute épreuve, offre les mêmes dangers que l'âge trop avancé de l'épouse. En effet, il suffit que la première affection tombe, pour que bientôt la pensée et le cœur de l'époux s'attachent à une autre personne plus avantagée du côté de la beauté ou de l'âge, ce qui affoiblit le lien conjugal, met le désordre dans le ménage et ruine la fortune. Ainsi, une beauté médiocre et un âge égal ou un peu moins avancé est, à mon avis, le meilleur.

Autre chose qui séduit puissamment, c'est la fortune. Il est vrai, elle peut nous faire passer des moments heureux; mais tu ne dois pas chercher dans le mariage les richesses, d'autant moins que tu as de quoi mener une vie aisée.

Troisièmement, un gentilhomme doit prendre en considération la parenté, elle est préférable à toutes les dots ; car, grâce à la solidarité des alliances, on trouve des conseils plus sûrs, des secours plus prompts, une protection plus efficace. Il n'en est pas de même des personnes d'une extraction trop basse ou trop élevée. Les premières, malgré leurs grâces personnelles et leur conduite irréprochable, ne laissent pas que d'être enveloppées dans le dédain et dans je ne sais quelle déconsidération attachée à la condition de leurs parents. Les autres se rendent insupportables par leurs manières hautaines et dédaigneuses. C'est pourquoi une condition égale est préférable à toute autre.

Enfin, et cela est essentiel, l'épouse doit

avoir un esprit sain uni à un corps sain. Une telle épouse, dit l'Écriture, vaut tout l'or du monde; c'est la joie et la couronne de l'époux. Bien entendu, l'affection doit être mutuelle et inaltérable, sans aller pourtant jusqu'à l'aveuglement et la jalousie. On prétend que la jalousie naît de l'amour; quant à moi, l'expérience m'a appris qu'elle en est le fléau, et la ruine de la fidélité, témoin ma femme. Encore une fois, il ne faut jamais agir sous l'impression de l'émotion par emportement; mais si tu remarquois dans la conduite de ton épouse quelque chose de répréhensible, tâche de la ramener par la douceur dans une meilleure voie, sans divulguer ses fautes, sans affecter devant les autres de l'indifférence à son égard. Ne l'oublie pas, l'épouse est la compagne du mari, son amie et non sa servante. Partage avec elle la charge de l'éducation; confie-lui l'administration de la maison, tout en y ayant l'œil.

Au reste, tu trouveras dans les livres saints une doctrine plus ample touchant les devoirs des parents, des époux et des maîtres. Lis ces enseignements divins avec assiduité, et efforce-toi de les mettre en pratique.

V

Au service de l'État, tu dois te dévouer à tout ce qui te sera confié, comme s'il s'agissoit de ton intérêt propre, et rendre à Dieu, dans la personne du souverain, l'honneur et l'obéissance que demande Notre-Seigneur lorsqu'il dit : *Rendez à Dieu ce qui est à Dieu, et à César ce qui est à César*. S'il t'arrivait d'encourir la colère du monarque, attribue-le soit à tes propres fautes, soit à la calomnie que Dieu permet pour nous châtier, et ne te laisse pas aller au ressentiment.

L'obéissance consiste en deux choses : ne rien refuser et ne rien demander ; c'est le secret de vivre toujours content. C'est aussi la doctrine de saint Paul et de son divin maître ; elle devroit être notre règle de conduite. Mais comme notre foiblesse entend mieux la voix des exemples, je vais t'en proposer un qui est puisé dans ma propre expérience. C'étoit en 1704, l'année de mon départ pour le service. Feu mon père, en me faisant ses adieux, me recommandoit fortement de ne fuir aucune charge, quelque pénible qu'elle fût, et de n'en briguer non plus aucune. Eh bien, toutes les fois que j'observois cet avis, je me sentois heureux, au milieu même des plus grandes contrariétés, comme aussi jamais je n'ai refusé ou recherché quoi que ce soit sans m'en être repenti plus tard. D'autres ont éprouvé la même chose.

Si des serviteurs fidèles et dévoués obtiennent des faveurs et des récompenses méritées, ils ont aussi leurs épreuves. Des hommes cupides, capricieux, concussionnaires ne leur épargnent ni haine ni calomnie. C'est ce qui m'est arrivé du temps de Pierre le Grand. J'ai supporté la disgrâce de Sa Majesté, le cœur navré d'amertume, mais fort de mon innocence ; elle fut enfin reconnue, et me valut de la part du prince, de digne mémoire, une récompense assez considérable et d'autres grandes faveurs ; quant aux calomniateurs, ils furent couverts de confusion. Ne crains donc pas les attaques des méchants, sois fidèle à ton souverain et prèt à défendre son honneur et ses intérêts, s'il le falloit, au prix même de ton sang, et n'imite point l'exemple de ceux qui prônent les libertés des autres nations dans l'intention de restreindre le pouvoir absolu du monarque. Cela conduiroit l'empire au bord du précipice, et les tentatives insensées faites, il y a quelques années, dans notre pays, en sont la preuve (1). Enfin, et par-dessus tout, garde inviolablement les secrets d'État, ne les communique à personne; sois on ne peut plus discret avec les personnes du sexe et les adulateurs, et, en

(1) Tatistchef fait allusion aux événements politiques qui eurent lieu, lors de l'avénement de la princesse Anne, en 1730, et qui furent préparés par les princes Dolgorouki, devenus tout-puissants sous le règne trop rapide du jeune Pierre II (1727-1730). L'auteur y reviendra plus loin, tellement le régime libéral et constitutionnel étoit, à ce qu'il paroit, contraire à ses principes.

général, n'en fais jamais le sujet de tes entretiens; si quelqu'un essayoit de t'en faire parler, tâche de détourner la conversation, pour prévenir tout danger de révélation.

VI

Les nobles ont devant eux trois carrières : la civile, la militaire et l'ecclésiastique. Ils embrassent rarement cette dernière, et dans ce cas, ils commencent par se faire religieux (1). La carrière des ar-

(1) Dans l'Église russe, c'est le moyen de parvenir à l'épiscopat, dont les prêtres séculiers sont, comme on sait, rigoureusement exclus, à cause du mariage auquel ils sont tenus. — Quant aux vocations des grands seigneurs, la remarque de l'auteur est vraie en 1858 comme elle l'a été de son temps. Pierre Ier a fait son possible pour en diminuer le nombre et ôter à ses sujets le goût de la vie religieuse.

mes, au contraire, semble être créée pour eux. Aussi faut-il l'embrasser dès que l'âge et les forces physiques le permettent. Y entrer dans un âge trop peu avancé, c'est s'exposer à des dangers évidents tant au physique qu'au moral. Les jeunes gens, déjà naturellement portés aux excès, se trouvent au milieu d'une soldatesque vile et grossière, risquent non-seulement d'y perdre leur dignité et les bonnes manières, mais encore de donner dans le vice et de se rendre par là inutiles à eux-mêmes et à l'État. On n'en voit malheureusement que trop d'exemples. — D'un autre côté, si on reste trop long-temps dans sa famille, on s'habitue à une vie molle et indépendante, si contraire à la vie du soldat qui est toute d'abnégation et de soumission, et qui devient alors un fardeau bien au-dessus de nos forces. — Les meilleures années pour entrer au service sont de dix-huit à vingt-cinq ans.

La vertu distinctive d'un soldat, — c'est la bravoure. Il ne faut point la confondre avec cette exaltation passagère, voisine de la folie, et qui nuit plutôt qu'elle ne profite à qui que ce soit. La lâcheté est le dernier opprobre d'un militaire. On doit, autant que possible, garder le juste milieu entre ces deux extrêmes : ne pas se précipiter follement en avant, ne rester jamais en arrière.

VII

Reste la carrière civile. Sa Majesté l'empereur Pierre le Grand, de très-digne mémoire, voyant les fonctions civiles dépourvues de bons employés et livrées pour ainsi dire aux gens pauvres, d'une condition vile et qui ruinoient le fisc, prit les mesures suivantes : 1° il ordonna que les enfants nobles fissent leur apprentissage, soit dans les *colléges* (1), pour les affaires intérieures, soit auprès des ministres, pour les affaires étrangères ; 2° il réserva aux nobles les places de secrétaires ; 3° il prescrivit que les fonctions civiles, tant dans les résidences que dans les villes de province, leur fussent données par voie d'élection et à la majorité des voix ; 4° enfin ceux qui auroient quitté l'épée après un long service ou à cause des infirmités contractées durant ce temps, eurent la permission d'entrer dans le civil, avec le privilége de pouvoir passer l'hiver dans leurs terres et s'y occuper de leurs affaires. Par

(1) Dénomination donnée par Pierre Ier aux différents ministères.

malheur, Sa Majesté ayant bientôt après échangé la couronne terrestre contre celle du ciel, ces mesures si sages et si utiles, ainsi que bien d'autres, furent entièrement abandonnées, ou n'eurent qu'un commencement d'exécution (1). En même temps, des hommes sans conscience, cupides et perfidement égoïstes, profitant des circonstances favorables et du bas âge du nouveau prince, se mirent, secrètement d'abord, puis au su de tout le monde, à détruire toutes les bonnes institutions, si heureusement commencées; et même, après l'avénement de l'impératrice Anne, heureusement régnante, ils osèrent renouveler leurs tentatives téméraires, dont on ne voit pas encore le terme (2).

(1) Le projet d'un nouveau code de lois et celui d'une université à Moscou sont de ce nombre.

(2) C'est une nouvelle allusion aux événements poli-

Maintenant les enfants nobles passent de l'école à l'armée, et restent au service militaire jusqu'à ce que l'âge, la décrépitude ou l'excès dans la boisson les en rendent incapables, et leur ouvrent la carrière civile. Ce n'est pas l'endroit de discuter jusqu'à quel point une semblable mesure est bonne ; ce que je prétends, et ce qu'on me concédera sans peine, c'est que le civil est la partie principale dans l'organisme d'un État. En effet, le moyen d'y conserver le bon ordre sans une bonne administration ? Or, celle-ci exige, à coup sûr, plus d'intelligence et de discernement qu'il n'en faut à un militaire pour remplir ses fonctions.

Avant tout sois juste en toutes choses,

tiques dont nous avons parlé plus haut. Le jeune prince en question est Pierre II, fils de l'infortuné Alexis Pétrovitch. Il monta sur le trône à l'âge de douze ans.

oubliant ton intérêt propre, et retiens ceci : Ceux qui s'enrichissent aux dépens des autres tombent dans la détresse, et le bien mal acquis sera dissipé comme de la poussière, ne laissant que des remords de conscience. Particulièrement les fraudes à l'égard du fisc, quel qu'en soit le motif, ne manqueront pas de causer au coupable un tort immense (1). Sache cependant

(1) Cet avertissement aura dû être présent à l'esprit d'Eugraphe lors du triste événement qui eut lieu en 1765, quinze ans après la mort de son père. Au cœur même de l'hiver (9 décembre), une foule nombreuse se pressoit sur la place publique, devant le palais du Sénat. Là, un homme, attaché à un poteau, offroit aux regards des curieux un écriteau sur lequel on lisoit ces mots tracés en gros caractères : *Transgresseur des lois, faiseur de fausses lettres de change.* Le coupable s'appeloit Basile Tatistchef. Convaincu du crime, il fut condamné à recevoir le knout et à avoir une main coupée. Catherine II commua la peine. Après avoir été privé de sa charge d'*exécuteur au Sénat* et déclaré inhabile aux fonctions publiques, Basile Tatistchef subit d'abord, pendant une

qu'un ouvrier a droit à une juste rétribution, proportionnée à sa tâche (1).

A ce propos, je vais te raconter ce qui m'est arrivé à l'occasion d'un procès de Nikita Démidof, accusé de concussion. C'étoit en 1722. J'ai cité, pour ma justification, la maxime suivante de l'apôtre : *La récompense qu'on donne à quelqu'un pour ses œuvres, ne lui est pas imputée comme une grâce, mais comme une dette* (Rom., IV, 4). La cause fut portée au tribunal suprême ; Sa Majesté m'ordonna de m'expliquer. Quand une cause, répondis-je, me paroît douteuse, et que je n'ai

demi-heure, l'ignominie de l'exposition publique, puis il fut condamné à un an de prison, dont il passa les deux premières semaines au pain et à l'eau. (*Dict. des hommes illustres*, par Bantyche-Kamienski, t. V, au mot Tatistchef.)

(1) Cet endroit du mss. est un peu obscur, ainsi que le commencement du récit qui le suit.

d'ailleurs aucun intérêt à m'y appliquer, je la traîne en la remettant d'un jour à l'autre, et j'oblige ainsi le demandeur de la retirer à ses frais et dépens, parfois très-considérables. — De plus, la loi veut que les causes à examiner suivent l'ordre de leur enregistrement; d'où il arrive que les affaires inscrites en premier lieu n'ont souvent aucune importance, tandis que les dernières en date sont tellement urgentes qu'un retard de deux ou trois jours pourroit entraîner une perte de plusieurs milliers de roubles, chose assez fréquente dans les procès des négociants. On le voit, c'est la loi qui en seroit en quelque sorte l'auteur et la complice. Dans ce cas, si je vois que ma peine ne sera pas perdue, je la fais profiter à mon client et à moi-même, persuadé que je suis que ni la justice divine, ni celle de Votre Majesté ne pourra condamner une semblable manière d'agir. — Tout cela, fit Pierre Ier, est bien vrai et fort innocent, quand on a affaire aux gens honnêtes, mais il y auroit du danger de le permettre à des hommes sans conscience; leurs bons services ne seroient, au fond, qu'une violence habilement déguisée. — Dans ce cas, répliquai-je, il vaut mieux pardonner au coupable. — Ce fait te montre la nécessité d'être juste.

Il y a des orgueilleux qui ont l'air de faire trop d'honneur aux clients en les admettant en leur présence, et qui sont fort peu disposés à écouter un pauvre demandant aide et conseil. Ce n'est pas ainsi qu'il faut agir. Chez moi, fussé-je au lit, la porte restoit ouverte à tout le monde, et bien qu'on m'importunât pour des bagatelles et aux heures indues, je ne laissois pas de rendre service à ceux qui en demandoient.

Les intercesseurs et les conseillers sont des gens dont il faut se méfier, de peur d'être entraîné par eux dans les voies de l'injustice. Que de fois n'ai-je pas vu des épouses, des confidents, des domestiques même corrompre le juge, et, la fraude découverte, être les premiers à se moquer de sa simplicité ! Par-dessus tout, évite la familiarité avec tes subalternes (secrétaires ou scribes) ; ne les laisse rien faire sans ton consentement, et ne leur demande aucun service, pour ne pas être gouverné par eux. Écoute leurs avis, sans te presser de les mettre à exécution comme si c'étoient des oracles ; loin de là, après les avoir entendus, demande l'avis des autres, et, en tout cas, ne suis jamais leurs conseils sans y modifier quelque chose, soit pour le fond, soit pour le mode d'exécution, afin qu'ils te tiennent pour un homme capable d'agir par toi-même, et restent à leur place d'inférieurs.

VIII

Les fonctions de la cour devroient figurer au premier rang. D'abord, c'est de la cour (*dvor*) que vient le nom de noble (*dvorianin*). Ensuite, parce que ces charges sont données de préférence aux personnes riches et de haut rang, capables de rehausser la magnificence de la cour. Troisièmement enfin, parce que étant si près de la personne du monarque, elles reçoivent de lui plus de faveurs et de récompenses, et sont plus à même de protéger ou de nuire, d'inspirer de la crainte ou de la confiance. Pierre Ier, qui faisoit consister la grandeur dans les actions, regardoit ces fonctions comme peu importantes, et la place qu'il leur a assignée dans sa *Table des rangs* en est la preuve. Disons mieux, elles n'avaient à ses yeux qu'une existence nominale, et c'est uniquement pour la forme que les généraux-adjudants, par exemple, avoient à la fois le titre de chambellan de Sa Majesté, que les *denstchiks* (1) s'appeloient camériers et pages.

De nos jours, au contraire, ces messieurs cumulent les *tchines* (rangs), les gages, les priviléges que la main du souverain distribue comme bon lui semble. Mais il ne m'appartient pas de juger la chose. Seulement, en considérant la vie des gens de la cour et leur conduite, je te conseille de n'ambitionner jamais une carrière où

(1) Officiers d'ordonnance de l'empereur.

regnent l'hypocrisie, la cabale, la flatterie, l'envie et la haine, où le vice a le pas sur la vertu, où tel prétend fonder son bonheur sur des calomnies et de faux rapports, comme si, en perdant l'innocent, il n'appeloit pas sur lui-même une prompte vengeance du ciel, et ne travailloit pas à sa propre ruine. Ne crois pas cependant que le mal soit général. Non; il y en a certainement qui mettent la vertu à sa place, qui ont en aversion la politique des courtisans; mais ceux-là, à moins d'être puissants, deviennent un objet de raillerie pour les autres. Quoi qu'il en soit, ne recherche jamais ces fonctions, quelque brillantes qu'elles puissent te paroître, et ne les accepte point sans un ordre formel de Sa Majesté.

Il est temps de conclure. Je viens de te communiquer tout ce que je croyois t'être utile. Fruits des entretiens que j'ai eus l'année dernière (1) avec le prince Serge Dolgorouki, Théophane Procopovitch, archevèque de Novgorod, et quelques professeurs, ces avis s'adressent à toi seul, et ne peuvent que t'être très profitables. Cependant rien ne t'oblige à les tenir pour des oracles. Sans doute, les personnes avec lesquelles j'en causois plus d'une fois, étant fort instruites et pleines d'amitié pour moi, n'auroient ni loué ce qui mérite le blâme, ni donné le faux pour le vrai; toutefois, elles ont pu faillir, et c'est à toi de discerner ce qu'il y a dans cet écrit à laisser et à prendre. Si, par accident, il venoit à tomber en des mains étrangères, il sera certainement jugé de diverses manières, loué par les uns, blâmé par

(1) C'est-à-dire en 1733.

d'autres. Ceux-ci ne manqueront pas de l'interpréter à leur façon, et de faire une critique amère de certaines expressions et passages en soi fort inoffensifs. Que cela ne t'étonne point. N'avons-nous pas vu de nos jours des gens assez osés pour s'attaquer aux hommes les plus illustres en philosophie, mathématiques, jurisprudence et autres sciences ? Que dis-je ? La parole de Notre Seigneur Jésus-Christ elle-même n'a-t-elle pas été commentée et torturée de diverses façons par les adeptes de religions diverses? et tel demi-savant hétérodoxe, qui sait à peine le vrai sens des livres saints, passera, même aux yeux de la foule ignorante, pour un philosophe profond, pour un théologien consommé ! Laisse donc aux araignées le soin de convertir les sucs des fleurs en poison ; pour toi, tu n'y cueilleras, abeille prudente, que du miel, pour en faire les délices de ton cœur et de ton esprit. C'est ce que je te souhaite de tout mon cœur, à toi et aux hommes de bonne volonté.

Ton affectionné père,

Basile TATISTCHEF.

Imprimerie de W. REMQUET et Cie, rue Garancière, n. 5.

www.ingramcontent.com/pod-product-compliance
Ingram Content Group UK Ltd.
Pitfield, Milton Keynes, MK11 3LW, UK
UKHW020418230726
13925UKWH00004B/1513

9 782013 573269